Título original: *O mistério do tempo*
Dirección de proyecto editorial: Lidia María Riba
Traducción: María Nazareth Ferreira Alves
Edición y adaptación: Cristina Alemany
Armado y adaptación de diseño: Griselda Odino
Ilustraciones: Cecilia Rébora
Revisión: Roxanna Erdman

Argentina: Demaría 4412 (C1425AEB) Buenos Aires
Tel./Fax: (54-11) 4778-9444 y rotativas
e-mail: editorial@vreditoras.com

México: Av. Tamaulipas 145, Colonia Hipódromo Condesa
CP 06170 - Delegación Cuauhtémoc, México D. F.
Tel./Fax: (5255) 5220-6620/6621 • 01800-543-4995
e-mail: editoras@vergarariba.com.mx

ISBN 978-987-612-261-0

Impreso en China • Printed in China

Septiembre de 2011

Tavano, Silvana
El misterio del tiempo / Silvana Tavano; ilustrado por Cecilia Rébora. - 1a ed. -
Ciudad Autónoma de Buenos Aires: V&R, 2011.
40 p.: il.; 25x21 cm.

Traducido por: María Nazareth Ferreira Alves
ISBN 978-987-612-261-0

1. Literatura Infantil y Juvenil. I. Rébora, Cecilia, ilus. II. María Nazareth Ferreira
Alves, trad. III. Título
CDD 863.928 2

El misterio del tiempo

Silvana Tavano

ilustraciones de **Cecilia Rébora**

V&R

EDITORAS

El tiempo es realmente un misterio:
pasa volando
cuando nos divertimos,
pero va despacio si el asunto es serio.

Es un gran misterio
que crece y aumenta
con lo que se dice
y lo que se comenta:

"No tengo tiempo para nada",
repite mi madre, siempre apurada.

"Allá lejos, en mis tiempos,
todo era tan diferente..."
Eso nos cuenta el abuelo,
al ver la prisa en la gente.

No sé si el tiempo que pasó,
va más lento que el de adelante.
Siento que el reloj del corazón
tiene otro ritmo: más emocionante.

Late despacio, con añoranza
de un tiempo bueno que ya pasó.
Y corre a saltos
cosas de un tiempo que aún no llegó.

$$)y' + \mu(x)P(x)y + (\mu'(x)y - \mu(x)'y) = \mu(x)f($$

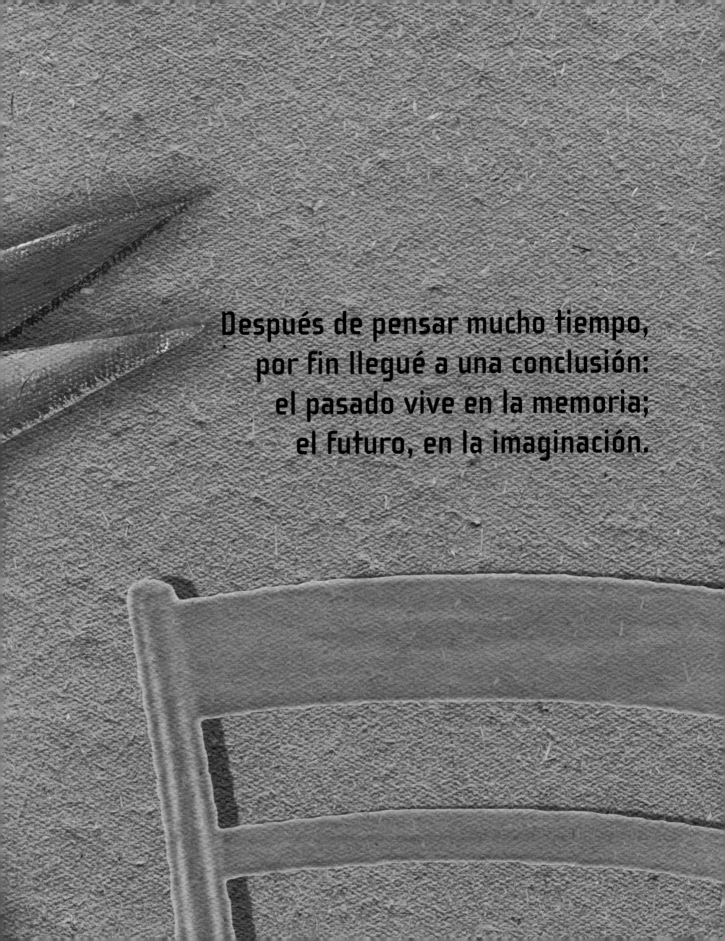

Después de pensar mucho tiempo,
por fin llegué a una conclusión:
el pasado vive en la memoria;
el futuro, en la imaginación.

Pero aún falta interpretar
una parte de esta historia:
¿adónde es que va a llegar
este tiempo del ahora?

Ahora es ya mismo, pero...
si esperas, ¿ya pasó?
¿Cómo puede el ahora irse
en el instante en que comenzó?

Busqué respuestas en el reloj,
pero allí no encontré la señal.
Tic, todos los días terminan...
Tac, mañana empieza otro igual.

No es así como sucede,
mas cada día que empieza
es nuevo, único, se mueve...
¡Nadie lo ha visto! ¡Sorpresa!

Junté muchas evidencias
hasta entender finalmente
que cada uno, en su experiencia,
siente el tiempo diferente.

Una noche transcurre en doce horas,
también doce horas tienen los días;
y es increíble cómo en todas moran
muchos instantes llenos de alegría.

¿Quién no sintió alguna vez
que el tiempo se detenía
con una buena noticia
que trajo paz y alegría?

El tiempo corre, se congela o se demora,
depende de lo que ocurra en cada instante.
El secreto no está en el después; tampoco en el antes,
sino en saber apreciar lo que se llama "ahora".

Cada momento siempre es el ahora,
magia que pone todo en movimiento:
el reloj, el corazón de las personas,
la vida, el sueño ¡y el misterio del tiempo!